EL ATAQUE DEL
DRAGÓN EN CALZONCILLOS

Texto de
SCOTT ROTHMAN

Ilustraciones de
PETE OSWALD

Traducción de
Rocío Rincón
Fernández

Cole siempre había querido ser el escudero de sir Perceval, su caballero favorito de la Mesa Redonda del rey Arturo.

Así que le escribió una carta.

Querido Sir Perceval:
Sería muy buen
escudero porque soy
listo, me esfuerzo mucho
y prometo aprender
lo que no sepa. Por favor,
dame una oportunidad.

Cole

Cuando sir Perceval recibió la carta de Cole... lloró. Sí. Los caballeros también lloran.

Los caballeros lloran
si una obra de teatro
es triste,
si es malísima
o si no hacen chistes.

Lloran al pisar algo
y hacerse daño...

...o al chocar con un arpa
de gran tamaño.

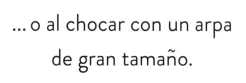

Lloran al cortar cebollas...

...o si les salen ampollas.

Si se quedan pegados
en el techo del castillo...

...o si un mago los trata
como pardillos.

Pero sir Perceval lloró una barbaridad porque una vez le había escrito una carta a sir Lancelot, su caballero favorito. ¡Y este le dio una oportunidad!

Así que sir Perceval nombró
a Cole escudero.

Cole tuvo que aprender muchas cosas.
Aprendió a afilar las espadas de sir Perceval. Y sus lanzas,
sus hachas y sus lápices de caballero.

Aprendió a montar a caballo...

... y a dar espadazos.

A pintar a sir Perceval haciendo
poses chulas de caballero...

... y a tranquilizarlo cuando se
despertaba tras tener pesadillas
con el grande y temible Dragón
en Calzoncillos.

Cole aprendió a que lo tirara un caballo...

... a que lo tumbara un caballero.

A que lo noqueara una princesa...

... y a que lo lanzara una catapulta.

Durante las batallas, Cole
aprendió a empaquetar
las cosas de sir Perceval...

... a cargarlas durante
el combate...

... a animar a sir Perceval cuando
empezaba a competir...

...y a vendarle las pupitas
cuando acababa.

A Cole le encantaba descubrir por qué sir Perceval era tan buen caballero
(aunque a sir Perceval le daba mucho miedo que el Dragón en Calzoncillos
viniera a destruir su reino).

Por desgracia, vino el Dragón en Calzoncillos y destruyó el reino.

Todos los caballeros lucharon contra el Dragón en Calzoncillos y todos perdieron.

Muy pronto, solo quedó un caballero.

Muy pronto, ya no quedaron caballeros.

Así que Cole escribió otra carta.

Querido Dragón
en Calzoncillos:
Solo soy un escudero
de la Mesa Redonda, pero
creo que tendrías que
arreglar el desastre
que has causado porque
está feo destrozar
un reino que no es tuyo.
Si quieres, te ayudo.
♡ Cole

El Dragón en Calzoncillos recibió la carta de Cole y... se la comió.

Exacto. Los dragones que llevan calzoncillos no saben leer.

No saben leer cartas, ni las letras pintadas por bufones en pancartas...

...ni los carteles de las tiendas de espadas.

Ni invitaciones a festejos, poemas sobre cangrejos o brujas, ni recetas para hacer burbujas.

Ni los avisos del foso, ni la correspondencia de un oso.

Ni menús, ni palabras que terminan con u.

Ni el mapa medieval con las paradas del autobús.

A continuación, el Dragón en Calzoncillos salió volando
para comerse a Cole.

Cole se asustó cuando vio al Dragón en Calzoncillos.
Y cuando este lo atacó, Cole no se vio capaz de reaccionar.

Pero entonces Cole recordó lo que había aprendido siendo escudero.

Y peleó...

...y combatió...

... y forcejeó...

... y catapultó al Dragón en Calzoncillos...

... hasta que los calzoncillos
se le salieron disparados.

Y el dragón también salió disparado.

Todos los habitantes del reino aplaudieron y ayudaron a Cole a recoger el caos que había causado el Dragón en Calzoncillos.

En su castillo, el rey Arturo nombró caballero a Cole y le concedió un asiento en la Mesa Redonda.

Pero sir Cole solo quería descansar un poco...

GACETA DEL REINO

¡EL **HÉROE** DEL DÍA!

PREMIO CALZONCILLO DE ORO

C

... porque al día siguiente tenía que encontrar a su propio escudero de la Mesa Redonda.

A Ella, Cole y Maxwell
S. R.

A sir Vincent
P. O.

Penguin
Random House
Grupo Editorial

Título original: *Attack of the Underwear Dragon*

Primera edición: marzo de 2022

Publicado originalmente en Estados Unidos por Random House Children's Books, una división de Penguin Random House LLC, New York.

© 2020, Scott Rothman, por el texto
© 2020, Pete Oswald, por las ilustraciones de la cubierta y del interior
© 2022, Penguin Random House Grupo Editorial, S. A. U.
Travessera de Gràcia, 47-49. 08021 Barcelona
© 2022, Rocío Rincón Fernández, por la traducción
Diseño original: Nicole de las Heras

Printed in Spain – Impreso en España

ISBN: 978-84-272-2590-9
Depósito legal: B-1.009-2022

Compuesto en Aura Digit
Impreso en Talleres Gráficos Soler, S. A.
Esplugues de Llobregat (Barcelona)

MO 25916